Ma baby encyclopédie Larousse

D'où ça vient ?

Texte : **Sophie de Mullenheim**
Illustrations : **Genie Espinosa**

Larousse Jeunesse

Le sel

Si tu fais chauffer de l'eau
dans une casserole, l'eau se transforme
en **vapeur** et disparaît peu à peu.
Il ne reste plus rien !

Si tu fais chauffer de l'eau
de mer qui est salée, l'eau
va disparaître mais le **sel**, lui,
restera dans la casserole.

Les **marais salants** sont des bassins d'eau de mer qui **chauffent** au **soleil** comme dans une casserole. L'eau disparaît et le **sel** resté dans les bassins est **récolté**.

Le sucre

Le sucre est fabriqué avec des **betteraves** !
Mais des betteraves **blanches**.

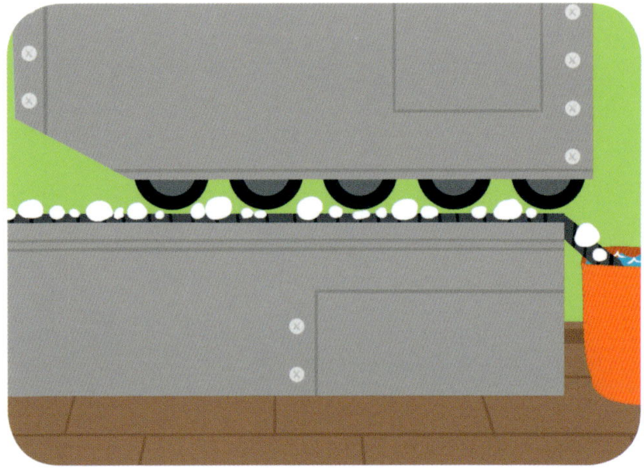

Les betteraves sont lavées,
découpées et plongées dans l'**eau**.

Le sucre des betteraves passe
dans l'eau qui devient du **jus sucré**.

Ce jus est chauffé très fort
et se transforme… en **poudre de sucre** !

Pour faire des **morceaux de sucre**, on ajoute de l'eau au sucre en poudre, puis on le met dans des moules. Avec le sucre, on fabrique aussi des **bonbons** et on cuisine des **gâteaux**.

Le pain

Le **blé** est jaune
dans les champs. Il est **mûr**.

Il est temps de le **moissonner**
pour récupérer le grain.

Les **grains** de blé sont broyés
et transformés en **farine**.

Avec la farine, on fabrique
des **pâtes** ou bien du **pain**.

Le boulanger mélange la **farine** avec de l'**eau**, du **sel** et du **levain** qui fait gonfler la pâte. Il met la **pâte** à cuire au four et le pain est prêt !

Le lait

La **vache** vient d'avoir un petit **veau**.

Elle le nourrit avec le **lait** qu'il tète à ses **pis**.

Le veau a grandi, mais la vache a toujours du lait.
Le fermier la **trait** matin et soir pour le récupérer.

Le **camion-citerne** apporte le lait à la **laiterie** où il est mis dans des **bouteilles** et des **briques**, ou transformé en **beurre**, en **fromage** et en **yaourts** !

Le verre

Le verre se fabrique avec… du verre !
On utilise les **vieilles bouteilles**
pour en avoir de nouvelles.

Les bouteilles et tous les **pots de verre** sont lavés et écrasés pour faire de la **poudre**.

La poudre de verre est chauffée dans un **four** immense. Quand elle est chaude, elle devient liquide. On la coule alors dans des **moules** en forme de bouteilles !

Le papier

Ce sont les **arbres** qui permettent de fabriquer du papier.
Leurs **troncs** coupés arrivent à l'usine.

Le bois est **broyé** tout petit. Ensuite, on le mélange avec de l'eau pour obtenir de la **pâte à papier**.

À l'usine, la pâte à papier est étalée en **couches** très fines, puis séchée. On obtient des **feuilles** immenses qui sont enroulées en grosses **bobines**.

Le coton

Le **coton** pousse dans les champs. Quand il est mûr, il faut cueillir sa **fleur** toute blanche et très douce.

Les fleurs sont nettoyées et étirées en un **long ruban** épais.

Le coton coupé en **morceaux** servira à soigner les bobos.

Si on tire encore plus sur le coton, il devient du **fil**. Le fil est teinté en différentes **couleurs** et l'on s'en sert pour faire des **vêtements** ou des **draps**.

L'eau

L'eau est puisée dans les **lacs**, les **rivières** ou les **réserves** d'eau souterraines.

Elle est envoyée au **centre de traitement** pour être lavée.

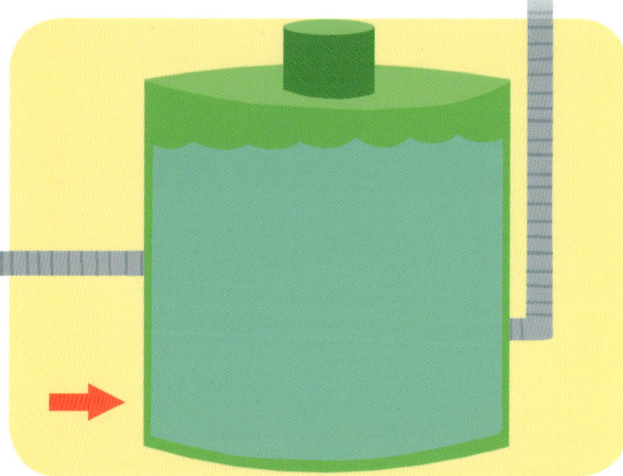

L'eau est mise dans des **bassins**. Les **grosses** saletés restent au fond.

Puis elle passe à travers des **filtres** qui retiennent les **petites** saletés.

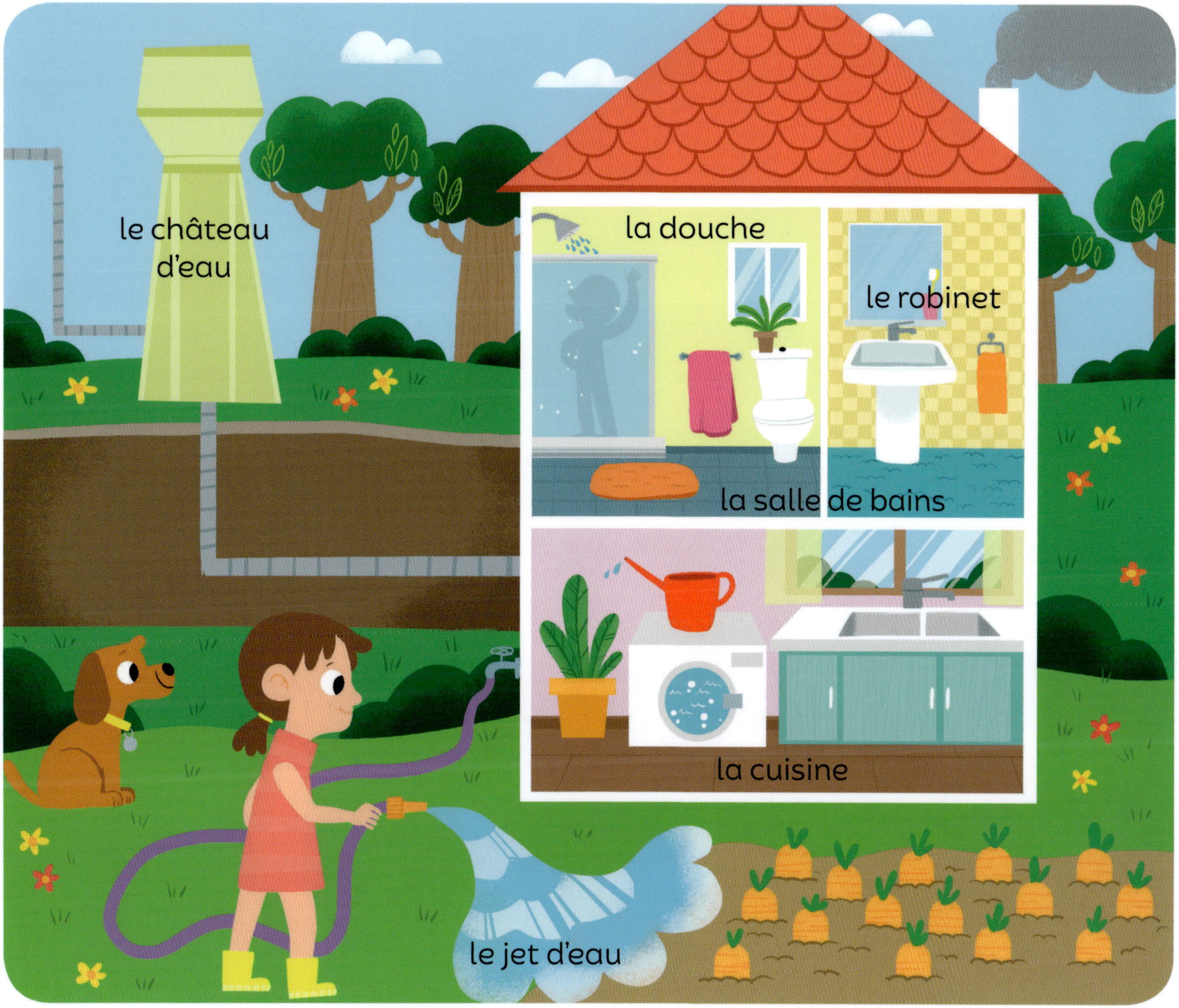

L'eau enfin **propre** est conservée dans un **château d'eau**.
C'est de là qu'elle part pour aller dans toutes les maisons !

L'électricité

Pour avoir de l'électricité, il faut un **moteur** qui tourne très vite.
En tournant, ce moteur fabrique de l'électricité.

L'électricité est ensuite récupérée dans des **fils**...

... et envoyée dans les maisons pour apporter la **lumière**.

Le moteur tourne grâce au **vent** dans les **éoliennes** ou aux **rayons** du soleil.
Dans les **centrales électriques**, c'est de l'eau qui chauffe qui entraîne le moteur.

Le sable

Le **vent** et la **pluie** arrachent parfois des cailloux aux **falaises** qui bordent les plages.

Les **cailloux** roulent dans les **vagues**. Ils se cassent…

Ils sont de plus en plus petits au fil des ans et deviennent du **sable**.

Sais-tu que le sable n'est pas que sur la **plage** ou dans les bacs à sable ?
Il permet de fabriquer du **béton**, utilisé pour construire les maisons et les routes.

À toi de jouer !

1 Secrets de fabrication

Désigne les aliments fabriqués avec du blé et les aliments fabriqués avec du lait.

Solutions : les aliments 1, 3 et 6 sont fabriqués avec du blé. Les aliments 2, 4 et 5 sont fabriqués avec du lait.

2 Bizarre, bizarre...

Qu'est-ce qui a changé ? Trouve les cinq différences entre ces deux dessins.

Solutions : l'oreille gauche, le faisceau de lumière, la couleur de la brosse à dents, le dessin sur le tee-shirt, l'eau qui coule du robinet.

❸ Sucré ou salé ?

Pour chaque aliment, indique s'il est sucré ou salé.

la confiture

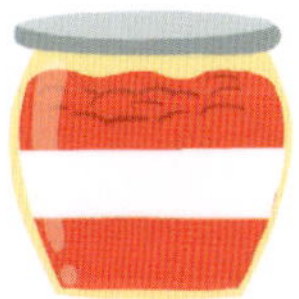

les chips

les fruits

le saucisson

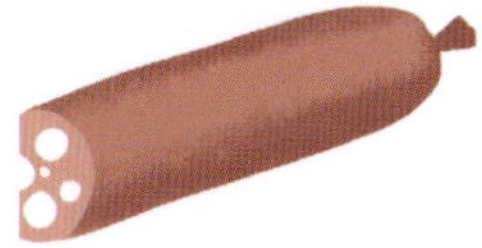

la quiche

Solutions : la confiture et les fruits sont sucrés. Les autres aliments sont salés.

❹ Qui suis-je ?

Associe chaque description au dessin correspondant.

❶ Je suis tout doux pour soigner les bobos.

❷ Je suis transparent et, si je me casse, je coupe.

❸ Je suis parfait pour construire des châteaux.

❹ On m'utilise pour faire de beaux dessins.

Ⓐ

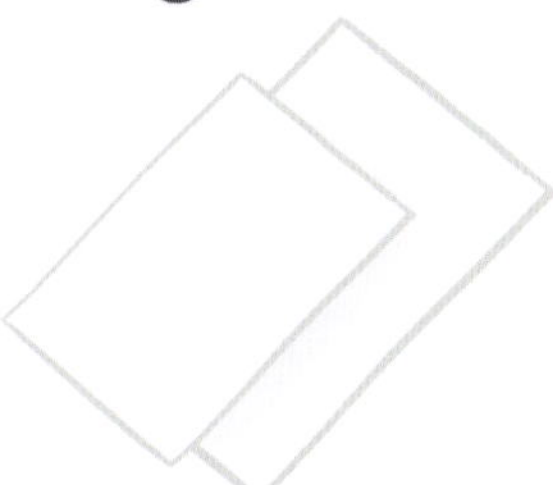

Ⓑ

Ⓒ

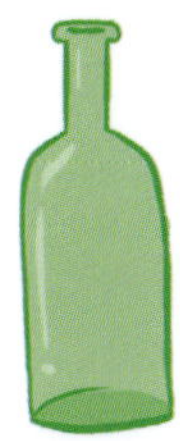

Ⓓ

Solutions : 1-D, 2-C, 3-B, 4-A.

Dans la même collection :

Direction de la publication : Sophie Chanourdie
Édition : Magali Marquet
Suivi artistique : Guillaume Dupont
Mise en pages : Pascale Darrigrand
Révision rédactionnelle : La Machine à mots
Fabrication : Ombeline Canaud

21, rue du Montparnasse – 75006 Paris

ISBN : 978-2-03-598475-3
Dépôt légal : mars 2021
327115-01/11045469 - janvier 2021
Imprimé en RPC